Gerência editorial Cláudia Ribeiro Mesquita

Edição Cláudia Ribeiro Mesquita
Preparação Maurício Baptista Vieira
Revisão Gislaine Maria da Silva, Carla Mello Moreira e Annita Costa Malufe

Edição de arte Leonardo Carvalho
Editoração eletrônica Felipe Repiso
Produção industrial Alexander Maeda
Impressão Prol editora gráfica

Dados Internacionais de Catalogação na Publicação (CIP)
(Câmara Brasileira do Livro, SP, Brasil)

Cunha, Carolina
Yemanjá / Carolina Cunha [ilustrações da autora] –
São Paulo : Edições SM, 2007. – (Coleção histórias do Okú LáiLái)

ISBN 978-85-7675-181-6

1. Ficção – Literatura infantojuvenil.
I. Título. II. Série.

07-0474 CDD-028.5

Índices para catálogo sistemático:
1. Ficção : Literatura infantil 028.5
2. Ficção : Literatura infantojuvenil 028.5

1ª edição, 2007
3ª impressão, 2013

EDIÇÕES SM
Rua Tenente Lycurgo Lopes da Cruz 55
Água Branca 05036-120 São Paulo SP Brasil
Tel. (11) 2111-7400
www.edicoessm.com.br

Yemanjá

Carolina Cunha

sm

A minha Iyá Cici, Babá Ibijaré,
nomeada Otun Ilê Efun no culto
de Oxalá do Ilê Axé Opô Aganju,
a Gisèle Omindarewá Cossard,
a meus iojozinhos,
e a Babá Fatumbi, desde o princípio,
por memória eterna da água.

Tudo começou quando o céu de Olorum subiu aos ares, e a terra, rachada de grotas, encharcou de água. Olokum, mar feroz, demorou de se acalmar. Era um gigante; custou a ficar deitado. A filha era igual a ele, só que um pouco menos braba. Linda, linda. Chamava-se Yemanjá. Por desígnio de Olorum, Oxalá – rei de Ifé – a tomou para casar. Formaram família. Não sei quanto tempo depois, foi a vez do filho se perder de amor por ela. Yemanjá mais não quis saber. Desembestou a correr sem olhar para trás. No esforço da fuga, caiu estendida no chão e exclamou:

– A barriga me dói!

Foi como a deusa deu à luz os orixás. Seu corpo inchou rapidamente, o ventre rebentou com força e, em vez de sair sangue, saíram o dia e a noite. Em seguida, nasceram Exu e Ogum, dois irmãos tão parecidos que chegam a se confundir. Eles foram os primeiros. Vieram abrir caminho aos outros filhos: Oxóssi, Dadá, Xangô, Ajê Xalugá, Ajaká, Iansã, Ossain, Obá, Oxum, Oloxá, Omolu, Orixá Okô e Okê. Finalmente, dos peitos cheios de derramar, jorraram água doce e água salgada. Desde então, Yemanjá vive no entardecer da Terra. E os orixás, foram para a natureza, governar as dezesseis direções do mundo.

Iyaladê Assabá, a guardiã da coroa

Ifé, Lagos, Benin

Iyá ala ô, Iyáladê Kolê ala ô ijênia Iyá Assabá lôre ijênia
Ala ô, Iyáladê Kolê, a ijênia Iyá Assabá lôre ê Ala ô,
Iyáladê Kolê Ala ô ijênia, Iyá Assabá omi orixá

Mamãe Assabá, guardiã da coroa, a senhora está firme no seu posto? Mãe dos orixás, está tomando conta da coroa do rei?

Conta uma história de Ifá* que Yemanjá sai de dentro d'água, a primeira vez, para casar com Orumilá, o senhor das adivinhações. Ela vivia em seu afin, um magnífico palácio na profundeza do mar, e só suspendia a cara para fora em noite de lua, quando vinha apanhar estrelas novas para se enfeitar.

Na terra, a deusa tomou forma de uma mulher de rara beleza. Encantava, no disparo do olhar. Sobre a cabeça, escorria um manto de plantas aquáticas, longamente até os tornozelos, arrematados por guizos. Barulhinho mais refrescante fazia na andada. Chuá... chuá... Onde pisava, brotava logo um olho-d'água, um riachinho. Na mão, o inseparável abebé* de prata reluzia. Deslumbrante aparição, que apenas um pouco povoado viu, sem sair da toca, feito mutuca, fosse por medo, ou por respeito.

*IFÁ é o oráculo dos Yorubá; aquele que revela o destino das pessoas. É o porta-voz de Orumilá ou Orumilá-Ifá, divindade primordial que preside o jogo de adivinhação. Na prática, o adivinho (babalaô) se utiliza de dezesseis caroços de dendezeiro (ikin), um rosário (opelê) e um tabuleiro de madeira (opon-Ifá), no qual espalha certo pó (iyerosun) e traça os caminhos (odu) detectados.

*ABEBÉ é um leque de metal prateado, em forma circular, em cujo centro sobressai a figura recortada de uma sereia ou de uma estrela. Simboliza Yemanjá.

Orumilá era o supremo babalaô, pai do segredo, aquele que assistiu atento ao momento da criação do mundo. Só depois, então, ele veio passear e ajudar a pôr justa ordem. Orumilá foi encarregado de dar destino aos homens. Caminhou por muitas terras, da Arábia à África, até se estabelecer, finalmente, na santíssima cidade de Ilê Ifé. Por suas aptidões, era consultado em todas as circunstâncias importantes. Suas determinações não podiam ser ignoradas. Orumilá curava como um médico.

Ele tinha poder de saber as coisas adiantado, além de uma admirável habilidade para manipular os caroços selvagens de dendezeiro. Os olhos em cima de um tabuleiro captavam mensagens enigmáticas, riscadas com os dedos. Ninguém conseguia compreendê-lo inteiramente. Mas ele era capaz de compreender todas as coisas. Miúdo, franzino, senhor de temperamento reservado, canhoto, sem esqueleto, porém muito, muito sábio, gostava de praticar adivinhações sentado em sua esteira de palha, à sombra de uma enorme palmeira.

Atenciosa, Yemanjá procurava se inteirar de todo assunto. Ficava ali às voltas, supria por proteção, apoio moral. Muitíssimo dedicada, cuidava de tudo, de todos. Ia no mato colher as folhas, cascas, raízes que o marido prescrevia. Com doçura juntava as pessoas em torno dela. O colo generoso dava prova. De garbo peculiar, trajava-se com elegância. Preferia as fazendas azuis, as contas de cristal, as pérolas. Os olhos redondos, brancos, as pestanas como agulhas, as pupilas negras, a refletir o aro da lua. Toda ela, envolvente nos gestos, farta de risadas e cadeiras rebolantes, dominava a cena com sua presença marcante. Orumilá a admirava.

Conforme tradição, o babalaô abria o dia consultando o oráculo de Ifá, logo na primeira claridade da manhã. Aquela vez ocorreu dele olhar que precisava realizar viagem. Antes de partir, recomendou à mulher que as portas do afin ficassem fechadas até que ele, o dono da casa, estivesse de volta. Tinha dito que, na sua ausência, Yemanjá não atendesse ninguém, por razão maior que fosse.

– O senhor, quando retorna? – ela averiguou.

– Viagem longa não é, Iyabá*, mas pode levar uns dias – foi a resposta. – Cuide de seus afazeres, vá descansar, como quiser, mas fique longe de minhas coisas, está ouvindo? Não vá mexer no que não é de sua conta, aconteça o que acontecer.

*IYABÁ ou AIYABÁ é a mãe velha, a rainha.

Dali a pouco, nem bem ia alto o sol, chega um compadre do casal, esbaforido, muito alterado, batendo palmas urgentes, chamando pelo adivinho.

– Que pena, ele não está, compadre. O senhor volte daqui a uns dias – Yemanjá explicou, cá da porta.

– É caso grave, comadre. Tem jeito?

– Eh... meu marido partiu em viagem hoje cedo. Que tanta agonia, diga-me? O que o preocupa assim?

– Ai, Yemanjá!... – respondeu o compadre, abrindo choro. – Meu filho está doente de morte e ninguém pode salvá-lo!

O homem não reagia a consolo. Chorava sem freio, sufocado, que partiu o coração de Yemanjá.

"Então não sou eu que vou deixar o menino morrer desamparado, estando aqui para curá-lo", ela pensou.

Mãe sensível, preferiu esquecer a proibição de Orumilá. Abriu a porta do palácio, resolvida, e, contrariando a própria sorte, falou:

– Entre aqui um instantinho compadre, faça o favor.

Séria, toda compenetrada, a deusa se colocou no lugar do babalaô. Majestosa, altivamente sentada, ela se serviu do opon-Ifá* e iniciou a cerimônia, pronunciando as palavras de axé*. Jogava o opelê pra lá e pra cá, anotava o que via, manipulava os ikin*, lia os signos de Ifá, tão bem quanto Orumilá. Aí marcou o ebó* indicado pelo odu* que saiu no jogo e pronto. Disse ao compadre que voltasse tranquilo para junto de seu filho.

***OPON-IFÁ** é o tabuleiro de madeira esculpida no qual o adivinho marca a combinação dos odus indicada no jogo do Ifá.

***AXÉ** é energia, força divina, poder mágico que os orixás usam para se comunicar e realizar feitos espetaculares.

***IKIN** são os coquinhos de dendezeiro.

***EBÓ** é uma oferenda. A receita do ebó é como a de uma comida; diz o que uma pessoa deve oferecer aos deuses a fim de agradá-los e conseguir que intervenham em seu favor.

*ODU, como caminho, destino. Existem 256 odus. São os signos de Ifá. Eles indicam respostas às perguntas do adivinho e saem no jogo do Ifá com as caídas dos coquinhos ou com a manipulação do colar de Ifá (opelê). Cada odu corresponde a uma série de lendas que o adivinho narra durante a cerimônia e avalia de acordo com a pergunta feita.

Passava dia em dia, mais pessoas apareciam. Em vez de dispensá-las, Yemanjá as atendia. Adivinhava e cobrava consulta. Questão nenhuma ficava sem esclarecimento. Suas predições tinham tamanho êxito e seus ebós alcançaram tão bons resultados que o povo já estava a dizer que ela era tão competente quanto Orumilá.

A mais da metade do rumo de volta, ao passar pelo mercado de um vilarejo próximo, o babalaô escuta caso de mulher que adivinha o Ifá, e ergue sobrancelha. De primeiro, desconsidera. Entretanto, no que vai andando, por toda parte, a história fabulosa da mulher que operava milagres só se confirma. "Como pode ser, se mulher alguma está autorizada por Olofi* a predizer com o opelê?" Ficava no ar a pergunta que ele se fazia.

***OLOFI** ou **OLOFIN-ODUDUA** é a divindade que criou a Terra em lugar de Oxalá. Parece que Oxalá teria adormecido em serviço, dando ao outro oportunidade de assumir a incumbência que lhe cabia.

Entrando na cidade de Ifé, Orumilá encontra o compadre.

– Como vai passando o senhor?

– Aboru aboyé abochíché! – o sujeito faz saudação de honra e emenda: – Sem susto, graças a Olorum e à sua mulher, Yemanjá, que devolveu a vida a meu filho.

Orumilá, que só tinha diminuído o passo para cumprimentá-lo, naquele ponto súbito, parou de fato. Remirou o homem, interessado, e deu corda à conversa inacreditável.

– O moleque ia mesmo morrendo de doença gravíssima, então agora não parece que teve nada, está vendo? – o compadre orgulhoso mostra o filho são.

Notícia que nem aquela era boa e era ruim. Orumilá só queria se despedir do homem ali no instante e seguir estrada, sem desviar mais de nada.

Tumulto já fazia fila comprida à porta do palácio. Será possível? Em dois tempos Orumilá passou sem ser visto. Usou seus poderes mágicos para transformar-se em um pequenino macaco.

Lá dentro, correu o olho ligeiro, saiu pululando e, atraído pela claridade familiar do terreiro, flagrou Yemanjá à vontade, com seus apetrechos, consultando o Ifá. Aí se zangou definitivo. Deu um salto espichado, avançou, chegou do lado dela e soltou um axé: Tchum! Fechou o jogo. Yemanjá não pôde ver mais coisa alguma. Atordoada, ela se desculpou e pediu aos visitantes que retornassem outra hora.

O último que saiu deve ter ouvido estrondo, pois a explosão de cólera do babalaô não se fez esperar. Ele cresceu furioso, para cima de Yemanjá, que tinha entrado para a cozinha ainda tonta, e esbravejou:

– É incrível que, sendo mulher, você tenha se atrevido a sentar no meu lugar, trabalhar com meu tabuleiro e predizer com o opelê e os ikin, coisa que eu proibi!

– O senhor é meu marido, mas eu não podia deixar de acudir aquela gente, sendo afinal quem eu sou – Yemanjá enfrentou.

– A senhora quer saber mais do que eu, Orumilá?! Pois querer não basta. Caso que não se discute é este. Olofi haverá de me atender e conceder a anulação do nosso casamento. Tome seu rumo e se vá – e encerrou.

O silêncio de Yemanjá disse tudo. Ela se dava ao respeito. Ali mais não ficava um minuto. Dona-senhora de si, voluntariosa, nem baixou o olhar quando passou zunindo pela porta, feito um vento duro, e foi-se embora, cheia de rancor por aquele marido mal-agradecido.

Sabida de não ter medo, Yemanjá pegou de ficar na redondeza ainda um tempo. Encantada, claro. Vendia quitutes no mercado. Um dia, se meteu para o mato e sumiu.

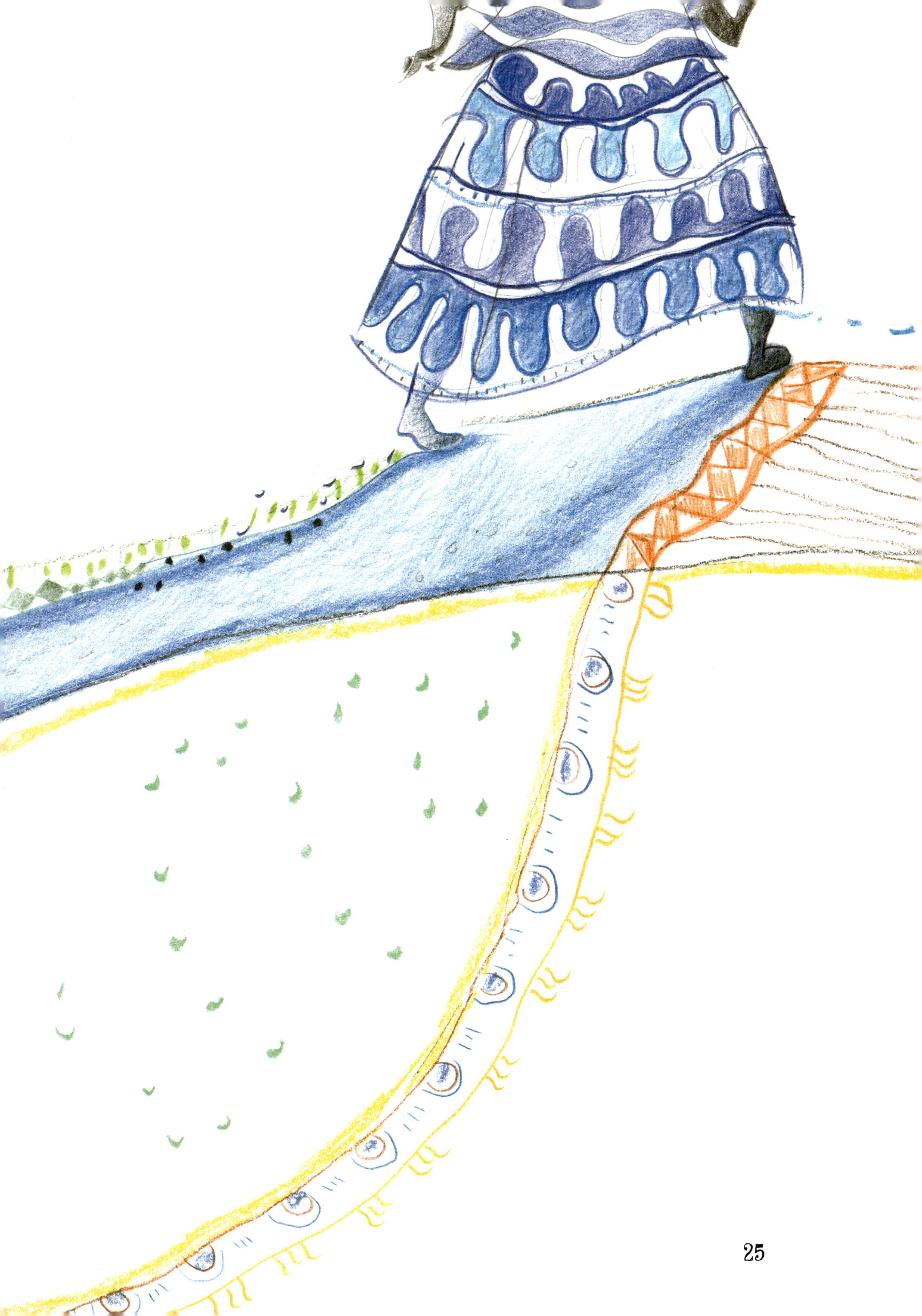

Quem a encontrou foi Erinlé, o astuto caçador de elefantes. Ela estava distraída, sentada numa ponte, com os olhos cheios d'água. Erinlé chegou devagar, pisando com muita finura, a modo de não assustar e se apresentou:

– Eu moro no rio.

Conversa vai, conversa vem, ele perguntou:

– A senhora procede de onde? Não quer vir morar comigo? Meu afin é tão espaçoso...

Lugar mais agradável, ao pé da mata. Filha de peixe, só de pensar, Yemanjá se sentiu em casa. Aceitou o convite, sem pestanejar e se foi com Erinlé, rio adentro.

Por amor dele, ficou um tempão. Os dois criaram amizade, um pelo outro, naturalmente. Erinlé, cativante, bem-apessoado, agradava pela conversa. Yemanjá era uma mulher muito bonita, atraente. Não lembrava quando na vida tinha sentido alegria tão demorada.

Um dia, o caçador chegou para ela e disse:

– Gosto de ti – e propôs casamento.

Yemanjá só fez que sim depois de impor condição:

– Jamais você deverá ridicularizar o tamanho de meus seios.

Outrora, os seios de Yemanjá ficaram imensos de tanto amamentar. Erinlé, muito polido, teve inteligência de nunca lhe faltar com consideração ou respeito.

No mais perfeito do enlace, Erinlé descuidou do juízo. Certa noite, cometeu o desatino de beber vinho de palma* além do limite. Depois, voltou para casa troncho, bambeando. Yemanjá, quando o viu, foi procurar conversa, bradou verdades, em vez de ficar quieta. Se saindo bruto, no pior do mau humor, Erinlé esbarrou nela, trocando as pernas. Descontrolado, encheu a boca para dizer grosseria:

– Ah, esses seus seios compridos, balouçantes! Você, com esses seios gigantes tremelicantes! Por que não sai da minha frente?!

– Língua atrevida, como ousa me desafiar? – Yemanjá se impôs, perigosa.

Erinlé, nem tchun. Só fez mais e mais graça do volume exagerado dos seios dela. A indecência ficava se repetindo infinitamente em ecos pelo rio misturada ao riso frouxo, embriagado dele. Foi a gota.

Ressentida, capaz de tudo, Yemanjá fechou o tempo. Levantou-se poderosa contra ele, munida de espada, castigou-o severamente de um só golpe: zzap! Cortou-lhe a língua. Não se ouviria mais a voz de Erinlé.

***VINHO DE PALMA** é a bebida sagrada de Oxalá.

Do mato, ela fez a superfície do caminho e, na sua fúria de água, saiu arrastando tudo o que via pela frente. Ondas ameaçadoras investiram contra os que quiseram detê-la.

Na vingança, Yemanjá arruinou as pontes. Revirou as pedras. Engoliu aldeias inteiras. Ao encontrar o oceano, desembocou à larga espuma. Pra lá ficou, serenada, a soberana rainha, guardiã do grande alá*, senhora dona de todas as águas, onde está até hoje, tal e tanto diz seu nome.

Yèyé omo ejá...
Mamãe cujos filhos são peixes.
Odô Iyá, Yemanjá Ataramagbá,
ajejê lodô, ajejê nilê!

***ALÁ** é o pano branco sagrado; a coroa mítica de Obatalá (Oxalá).

O encantamento das favas

Abeokutá

Existia no país dos Egbá*, outrora entre Ibadan e Ifé, um lavrador humilde, de justa qualidade, comum no ser e no sentir, cujos olhos se ocupavam somente do chão, de certo que era o que lhe garantia seu sustento. Vez ou outra mirava o céu, por manha de ver chuva cair em boa hora. Punha chapéu de pano mole, plantava sua rocinha de favas, dia bonito, dia feio, instruído de fazer dali brotar futuro. Trabalhador honesto, acordava, dormia, enxergando só o chão. Em sonho, aquela terra sua preenchia de verde toda a escala da vista. No real, exércitos de formigas com mil bocas roedoras avançavam impiedosas pelos campos, pinicando a lavoura, à altura do calor que fazia. Suava, suava, na sua bravura, por verdade de penar debaixo de sol, em desvantagem no combate às forças inimigas e sem nenhum nervoso que logo, pela volta do mundo, a vida mudava.

***EGBÁ** é o nome do povo nativo da Nigéria, originário da região localizada nas proximidades de Abeokutá.

Morava em uma cabanazinha de taipa, erguida do barro dali mesmo. Conforme ficava mais fora de que dentro, a construção dispensava acabamento. O homem era simples de tudo. No seu entender, só não faltassem alegria e diversão para viver. O resto, sendo merecedor, Olorum dava.

Mas o fundo do roçado estava demais judiado, pelo que mal aguentava aragem; se ia acabando na ribanceira oferecida, em deslize, derretido por um fiozinho besta de água ali para baixo, que virava rio de vez em ano. Pois bem ao pé da encosta o homem tinha seu lugar marcado de sentar, havia muito. Era um toco de pau, à beira do regato, donde, a sós com o céu, ele matava saudade da última chuvarada.

Naquele aberto, o pobre homem cumpria seu destino, igualmente a todos dali: anoitecendo, amanhecendo. Em geral, perseverava. Assim, vinha ele subindo a encosta um dia quando apurou, de uma banda do céu, na boa mira do olho, a primeira nuvem se armar. Ouviu cair os primeiros pingos, pin pin pin, aliviado, o que já era sem tempo. A vista alvoroçava o lavrador. Choveu, choveu, sem parar. Dali a semanas, a roça todinha lavada da praga de ponta a ponta rebrotava.

Lavoura boa. A ver prosperar redobrada em verdes tão vivos, os balaios carregados dentro de seu terreno, ele contentou da sorte. Bem servido, colheu quantidade enorme de grãos e rapidíssimo vendeu tudo. Encheu o peito de orgulho e o embornal de dinheiro. Nunca antes, nem de brincadeira, havia contado tão elevado. Fava bonita daquele quilate outra lavoura por lá não tinha dado. Era o que se comentava.

Ao então, estiou. E aquela se tornou a roça de favas mais bonita da redondeza. Rendia gorda colheita. Agora o lavrador enricava. Estava feito. Só que ia precisar se revirar na lida. Saúde tinha de sobra. Deu duro, estrebuchou, no capricho com tudo quanto fosse tarefa, da mais miúda à mais graúda. Tinha gana de ser dono por inteiro. Palmo a palmo. Tanto trabalhava. Entrava para casa caindo sereno. O fardo pesado botava mais ânimo do que cansaço nele. Ah, isso! Pois, coisa que muito valia em se vendendo, para aqueles lados, era caroço branco de feijão-fava. O preço da iguaria se avaliava, de acordo com o peso dela, em ouro.

Lá para fora, ao comprido dos dias, por detrás do velho abrigo, o agricultor deitava as favas para secar. Saía cedinho, amontoava as pilhas daquela riqueza de muita espécie, ensacava, todo satisfeito, depois ia para o mercado vender. Fechava um negócio atrás do outro. E mais fava tivesse, ele vendia. Sem saber quando nem como, ele foi recolher as favas secas, e deu com a cara no vazio. Encabulou calado, olhando. As favas haviam sumido, como por encanto, bem debaixo de seu nariz.

Aquilo era razão para aperreio. Calcou o pé no chão, a correr, rondeou toda vereda, de cima a baixo, mas nem sinal do ladrão que havia roubado as favas dele. Então, engoliu seco, que ele não prestava para lamento, cavoucou mais chão, cheio de bom trato com os pés de vagem, no campeio, a fio, pelos dias seguintes, e esperou a hora de sair outra quantidade de favas.

Em prazo de poucas semanas, os vegetais viçosos tornavam a dar fruto. O lavrador se realizou ao mirar a exuberância do verdume. Foi que foi, animado, colher as vagens maduras, no desejo de mais enriquecer.

Estando atento a tanto, bem não viu quando seus melhores grãos de fava tornaram a desaparecer.

Ficou ali parado, cismado, olhando para as distâncias, franzindo o cenho, deveras concentrado. A cabeça sacudia, cheia de minhoca. Havia de se vingar.

– Ah, se eu pego esse ladrão, desafogo numa sova!

Foi que astuciou:

– Já sei o que vou fazer. Vou arranjar um cachorro para saber quem é.

Assim sendo, muito sensato, o lavrador rumou para o mercado. Pelo que procurava, achou que se agradou de um animalzinho ágil, inteligente, raça de um bom tamanho. Vivacidade se via nos olhos e orelhas agudas. Comprou o cachorro e voltou, naquela festa, dentro da roça.

Quando foi mais tarde, de tardinha, o lavrador ouviu o cachorro latir e pensou:

"É o ladrão das minhas favas".

De um supetão, pulou, se levantou, numa pressa estabanada, procurando o bicho arredor. O au-au brabo, insistente, parecia que vinha de longe. Ele esperou o vento soprar a direção, aí disparou a correr, pela certeza do lugar.

Derrapando na pressa dos pés, bateu pra lá, atrás do cão, descendo para a baixada, acelerado, se descambando pelo barranco, a fim de descobrir onde o ladino se amoitava. Assoviava com autoridade, chamando o cachorro, e ia, ia.

O cachorro zangado latia, cada vez mais perto. De súbito, apareceu, numa agonia de pulos, bulindo o rabo, saracoteando, no meio do verde-escuro, que o lavrador levou foi um susto.

O bicho farejou o novo dono, fazendo roda, babando e tornou a rosnar, de aviso.

– Quem está aí? – o homem perguntou, apertando os olhos para ouvir melhor.

Nisso, qualquer coisa farfalhou, prateada, para além do veredeiro. Por medo de espiar, o homem retornou dali uns passos, no antepé, sutilmente; se enfiou na sombra, quieto.

O cão pinoteava em serviço, desesperado, no sentido daquilo que era impossível enxergar, e mais levantava as orelhas sabidas.

"Vai ver, nem era", ele pensou.

Naquele exato pois, então, viu. Aí ele vagou, assombrado. Todo tremia. Olhou, arregalou o mais dos olhos e vislumbrou o vulto transparente sair da escuridão esvoaçando uma poeira de luz.

Que quando a neblina baixou, ele pôde enxergar uma mulher muito bonita se esquivar do cachorro, ondulando cintilante, segurando um pano. Ela botava o cachorro para trás com uma mão... eh!... com tal formosura, enquanto com a outra suspendia a saia cheia de favas. Naquele movimento de espantar o inimigo, a mulher quebrava o corpo mole para um lado e para o outro, girando muito leve no ar. Parecia que ia cair no chão, mas não caía.

Deslumbrado com a visagem, o lavrador raciocinou correto de espírito. E se encantou pela mulher. O céu carregado de estrelas por volta daquela hora realçava ainda mais sua beleza. Agora ele sabia.

Dali mesmo de onde estava não prosseguiu. Fez sinal para o cachorro voltar, chamando-o pelo nome. O cão deu para trás, de pronto, e se acomodou, obediente, junto aos pés dele. Finalmente, o caminho estava livre para a divina mulher passar. Ela se foi afastando suavemente, sem perder o bicho de vista, até entrar dentro d'água.

O lavrador escutou nitidamente a bela risada tilintar alegre pelas margens do rio. Seguiu, chegou na beirada, e com seu bom coração, saudou Yemanjá.

– Ô minha Iyá! Não se aborreça comigo que eu virei colocar as minhas melhores favas aqui à beira destas águas para que a senhora possa vir buscar. De minha parte, eu lhe garanto, nunca haverá de faltar comida para os seus filhos.

Era um encantamento que tinha apreciado as favas dele. Yemanjá, a mulher que vivia dentro do rio, não resistiu e levou uma porção de favas, porque era de favas que, justamente, ela gostava de se alimentar. E por muito, muito tempo, aquela foi a maior roça de favas da região.

Em memória dessa história, a gente canta:

Kinijé kinijé olodô, yemanjá ô
Ki a soró pelé Iyá odô mi ôôô

Quem é a dona dos rios? Quem?
Yemanjá, a quem nos dirigimos
expressando simpatia.
Mãe do rio, mãe do rio.

As cantigas de Yemanjá são dos fundamentos mais antigos do candomblé*. E sua predileção por favas brancas é cantada assim:

Sinadô adô lê, sinadô adô Iyá...

*CANDOMBLÉ é a religião de culto aos deuses africanos jêje-yorubás.

Presente de Yemanjá

Até o início do século XIX, homenagens eram oferecidas à grande deusa, orixá dos antigos Egbá, às margens do rio que leva seu nome, Yemoja, e banha as terras situadas entre as cidades de Ibadan e Ifé.

Em guerras terríveis contra os Fon, os Egbá foram obrigados a migrar em direção ao oeste, para Abeokutá. Na mudança, não foi possível levar o rio. Entretanto, os objetos sagrados da divindade foram cuidadosamente transportados. Desde então, o rio Ogun, que atravessa essa região, tornou-se a nova residência de Yemoja. Todos os anos, os filhos e adoradores de Yemoja organizam ricas festas e saem em cortejo animadíssimo carregando esculturas de madeira, tocando seus tambores, até a fonte do afluente Lakaxa, onde recolhem água para lavar os valiosos axés desse orixá, cujo principal templo está localizado no bairro de Ibará, em Abeokutá.

Através dos tempos, na história da África, as cidades estabelecidas próximas aos rios foram, de longe, as que mais progrediram.

Ao mar, nós aqui, cultuamos Yemanjá, uma sereia, cujo corpo é coberto de escamas nacaradas da cintura para baixo. Porém Yemanjá não é o orixá do mar. Originalmente, o dono do mar é um orixá muito velho, que se chama Babá Olokum. O nome dele quer dizer "Papai proprietário do mar" porque mar, em yorubá, é okum. Perdeu-se o culto de Babá Olokum, mas faz-se o culto de Yemanjá, o orixá do rio Iyá Oguntê. Imensamente rica, pertencem-lhe os tesouros que o mar esconde. Dizem que ela tem sete nomes, mas é uma só, à qual se chega por sete caminhos: Iemowô, Iamassê, Olossá, Oguntê, Assabá, Assessu e Yewá.

Dia 2 de fevereiro uma festa muito popular atrai multidões às praias brasileiras para render homenagem à rainha das águas que vem da casa de Olokum. Milhares de pessoas saúdam Yemanjá e lhe trazem flores, enfeites, pulseiras, colares, panos bonitos, perfumes, sabonetes, bilhetes e comidas. Tudo isso arrumado dentro de um balaio gigantesco, ao final da tarde, segue em alegre procissão, a bordo de um saveiro, para o alto-mar. É o famoso presente de Yemanjá. A mesma tradição reúne admiradores em Havana, Cuba, no dia 8 de setembro.

Ora visíveis, ora invisíveis, encantados na natureza, os orixás são o princípio de tudo quanto existe. Os Yorubá e seus descendentes adoram a natureza por isso. Yemanjá é um orixá muito conhecido e respeitado, devido a ela ser a água. E ninguém vive sem a água.

A água é a mãe de todas as coisas.

Iyá mo dupé, f'Obá è
Iyá mo dupé, f'Obá èò

Rainha mãe, eu agradeço.
Eu agradeço.

PAPEL Couché fosco 150g/m²
TIPOGRAFIA Blue Century, Childs Play, Itc Highlander e Formata